ÉPITRE

ADRESSÉE AUX DAMES,

ET PARTICULIÈREMENT

AUX DAMES BORDELAISES,

EN LEUR OFFRANT L'HOMMAGE D'UN PROJET ÉMINEMMENT
UTILE A L'HUMANITÉ.

Nil humani a se alienum putat.
Tout ce qui touche l'homme intéresse son ame.

A BORDEAUX,

DE L'IMPRIMERIE DE MOREAU ET SUWERINCK,

RUE NEUVE-DU-TEMPLE, N°. 20.

1823.

ÉPITRE

ADRESSÉE AUX DAMES.

Après avoir présenté brièvement son hommage, l'auteur expose
poétiquement l'objet et l'utilité de son projet prêt à être publié,
puis il défend les droits des femmes, tant ceux qui leur sont
contestés que les autres : il met, tantôt en contact, tantôt en oppo-
sition, les qualités de l'homme et de la femme ; il parle des premiers inventeurs et premières inventrices des arts, dont il voudrait
le perfectionnement ; il arrive naturellement à un épisode essentiel,
qui couronne et honore l'ouvrage, c'est l'éloge si mérité de deux
augustes Princesses de France, et le brillant horoscope de l'enfant
le plus cher aux Français. Il finit par quelques traits caractéristi-
ques de Louis XVIII.

ENSEIGNANT autrefois le langage des Dieux,
J'exerçai l'art des vers pour former le poète ;
Le soin des nourrissons veut qu'on marche à leur tête ;
Mais dès long-temps cet art a reçu mes adieux.
Je pensais, méditais, loin des bords du Permesse,
Quand d'un projet heureux pour notre humaine espèce
Ayant conçu le plan ainsi que les moyens,
Et cherchant un appui de généreux soutiens,
Dont la douce faveur et le puissant suffrage

Pussent me seconder, honorer mon ouvrage,
Vers vous je me tournài, je recourus à vous,
Sexe aimable, chez qui pour le bonheur de tous
Résident la bonté, la douceur et les graces :
Et ma Muse oubliant le vieil âge et ses glaces
Veut, malgré sa faiblesse et ma débile voix,
Que je parle sa langue une dernière fois ;
Qu'en venant vous offrir d'un beau dessein l'hommage,
Discourir avec vous sur vos précieux droits
Et sur les qualités qui font votre appanage,
J'appelle à mon secours notre divin langage.

    Par le projet nouveau qui vous est présenté
Et qui touche de près l'entière humanité,
J'entrepris de dompter un ennemi perfide,
Qui dessous un dehors et paisible et serein
    Nous attirant, nous portant sur son sein,
Préparé sourdement une embûche homicide ;
Qui se jouant surtout de trop timides cœurs,
Vient souvent les troubler, les remplir de frayeurs ;
Et quelquefois chez vous choisissant ses victimes,
Les plonge sans pitié dans les plus noirs abîmes.
Cet ennemi trompeur, le liquide Élément,
    Qui ne connaît aucun doux sentiment,
Fut toujours sourd, toujours inaccessible
Au respect, aux égards que tout être sensible
Sait naturellement porter à la beauté
    Jointe aux vertus qui vous ont mérité
    Du cœur humain l'éternelle conquête.
Contre cet élément qui trop souvent s'apprête
    A vous surprendre, agiter, alarmer,

Par des moyens puissans je voulus vous armer ;
    Je veux qu'enfin sans péril et sans crainte
      Pour le besoin, pour d'innocens plaisirs,
Vous puissiez sur la barque, au souffle des Zéphirs,
Des plaines de Thétis courir la vaste enceinte.
Or, pour bannir tout trouble et tout fâcheux danger
Où vous expose encor l'aviron trop léger,
Il faut sur la chaloupe inventer un asile,
Un rempart invincible, où l'ame soit tranquille,
Où la vague en fureur vienne lutter en vain,
    Et c'est aussi l'objet de mon dessein :
Aussi vais-je établir sur ces barques légères
Qui souvent n'offrent pas de bien fortes barrières
Ce rempart assuré, des abris précieux,
Qui nous garantiront des accidens fâcheux
Que l'on voit survenir en traversant les ondes,
Et pourront nous sauver des naufrages affreux
Devenus si fréquens sur les eaux des deux mondes.
    L'entreprise était neuve, et le projet hardi :
Je le vis, et sentis, d'après son importance,
Le besoin d'être armé de force et de constance.
Mais que n'obtient pas l'homme au travail aguerri,
Qui par de longs efforts s'est lui-même enhardi ?
Et celui qui, brûlant du désir honorable
De soustraire au malheur le sort de son semblable,
Intéresse, associe à son noble dessein
La plus douce moitié de notre genre humain ?
    Tant d'autres pour donner une issue éclatante
A leurs conceptions, à quelque œuvre brillante,
Vont chercher le suffrage et leurs grands protecteurs

Chez les comtes, les ducs, les pairs, les grands seigneurs :
Ils semblent ne vouloir qu'intéresser des hommes.
Mais les femmes, de qui nous tous tant que nous sommes,
Reçûmes tant de biens et les plus beaux présens,
Ignorent ces desseins ; aucun insigne hommage
Ne vient associer à quelque grand ouvrage
Ou leur nom et leur zèle, ou même leurs talens.
Pour moi qui reconnais combien leurs cœurs propices,
Leurs regards bienveillans fixés sur nos projets,
Donnent à nos travaux et de force et d'attraits,
Je voulus m'étayer de plus heureux auspices,
Et par ma juste offrande assurer mon succès.
Ulysse en butte aux flots de l'Afrique et l'Europe,
Des monstres, des écueils, resta victorieux,
Car il voyait toujours la chaste Pénélope
Ranimant son courage, et partageant ses vœux.
Ainsi pour emmener au terme désirable,
Des projets signalés, toute œuvre mémorable
L'homme a besoin de l'homme ; un élan mutuel
Imprime à nos travaux le cachet immortel.
O vous donc que ma voix pour répondre à mon zèle,
Appelle à seconder un genre de combats !
Sans blesser de vos cœurs la bonté naturelle,
Vous pouvez partager nos utiles débats ;
Celui que l'on vous offre, et que j'appelle guerre,
 N'est pas la lutte impie et meurtrière,
 Qu'on voit, hélas ! s'élever trop souvent
 D'homme contre homme, et frère contre frère ;
Lutte que vous et moi réprouvons hautement,
Tant la guerre entre humains, soit-elle nécessaire,

Enfante des malheurs, déshonore la terre.
Mais il s'agit de vaincre un terrible élément,
Lorsque de bienfaiteur de notre humaine race
Il devient son fléau, la poursuit, la menace,
Et sans aucun égard pour l'âge, la beauté,
Pour le rang, les vertus, même la piété,
Ose ouvrir sous vos pieds son sein épouvantable,
Et vous ensevelir dans un gouffre effroyable.

On vous vit éprouver ce déplorable sort,
O sage autant que belle! ô douce Virginie!
Vous perdîtes, sans plainte, affreusement la vie
Dans l'abîme des flots, au seuil même du port,
Sous les yeux de l'époux dont vous étiez chérie.
Le sein des flots aussi devint votre tombeau,
Savante et trop sensible, immortelle Sapho!
Mais qu'avons-nous besoin des exemples antiques,
Quand nous-mêmes voyons tant d'accidens tragiques?
Depuis peu, sous nos murs, peût-être sous nos yeux,
Quel fut le sort cruel! le sort bien malheureux
De cette tendre épouse et mère infortunée *,
Digne, par ses vertus, d'une autre destinée,
Qui fit naufrage au port, tenant entre ses bras
Son aîné, son cher fils, menacé du trépas:
Cet enfant faible encore et qu'on voyait naguère

---

* Mᵐᵉ Civer, épouse d'un professeur distingué de ce nom; qui revenant de chez une amie de la Bastide, avec son fils âgé d'environ dix ans, se perdit naguères au port de Bordeaux, ainsi que son enfant, qu'elle n'avait cessé de tenir par les bras, dans l'espoir inutile de le sauver

Sous les soins maternels charmer l'espoir d'un père,
Des flots la triste proie en son premier printemps,
Expira sur le sein d'une mourante mère,
Victimes tous les deux de cruels élémens.
Vous pleurâtes leur perte, ô cœurs compatissans !
Mères qui ressentez tout le malheur des autres :
Vos maux pareillement sont devenus les nôtres.
Aussi tout occupé d'interrompre le cours
De ces coups douloureux, suivis de tant d'alarmes,
Qui portent la frayeur et font couler vos larmes :
De vos enfans, de vous j'assurerai les jours,
Quand vous les confierez à ces nouvelles barques,
D'où j'aurai pu bannir les noirs ciseaux des Parques.
Sans risquer de tomber, de sombrer sous les eaux,
Vous irez naviguant sur la simple nacelle ;
Et l'on ne verra plus chavirer nos bateaux,
Quand ils seront couverts de l'armure nouvelle.

   Sans doute, un tel objet, des intérêts si chers
Vont occupper votre âme, et charmer vos pensers.
Car chez vous (disons vrai d'après l'expérience)
On trouve rarement ces froids individus
Qu'on voit chez l'autre sexe, hélas ! trop répandus,
Opposé à tout bien qui tira sa naissance
Des veilles, des efforts, et des talens d'autrui ;
Ce qui leur plut hier leur déplaît aujourd'hui,
Dès qu'ils n'ont plus pour eux le choix, la préférence :
L'intérêt du public et de l'humanité
N'est rien dans leurs calculs, enfans de l'égoïsme ;
Ce qu'envers nos pareils prescrit la loyauté,
Ne paraît à leurs yeux qu'un vain mot, un sophisme :

Et tel est l'égoïste, idolâtre de soi,
Son unique intérêt est sa suprême loi ;
Il ne forme des vœux que pour son avantage ;
Il voudrait tous les biens formant son apanage ;
Jamais du moindre lucre il ne fait l'abandon,
Pour faire envers autrui quelque doux sacrifice,
Ne jugeant que pour lui de l'utile et du bon,
Dans son bien-être seul il met tout son délice,
Et le bonheur commun fait presque son supplice.

Chez la femme, au contraire, un cœur bon, généreux,
Goûte plus de douceur quand chacun est heureux :
Elle ne connaît pas cette profonde envie,
Qui, du bonheur d'autrui la rendrait ennemie ;
Dans les biens, dans les maux relatifs aux humains,
Elle ressent sa part de joie ou de chagrins ;
Tout ce qui touche l'homme intéresse son ame :
Et celui qui, conduit par une noble flamme,
Consacrant ses efforts, son savoir, ses talens,
Forma pour les humains des projets importans,
Obtient et sa faveur et son flatteur suffrage.

Toutefois quand je tiens un semblable langage,
Des injustes censeurs (en tout temps il en fut),
Vont dire : « Faut-il donc pour remplir votre but,
Dans un sujet des arts, des recherches physiques,
Mouvoir un sexe faible, et lui faire oublier
Que le gouvernement et les soins domestiques
Composent son seul lot ? D'objets scientifiques
Et de doctes travaux, bien loin de se mêler,
La femme s'interdit jusqu'au droit d'en parler ».
Quoi ! la femme elle-même ?... oh ! non, censeurs iniques

Elle n'a point perdu, de son propre abandon,
Des droits que vous voulez lui ravir sans raison ;
C'est vous, esprits jaloux, et ce sont vos semblables,
Qui, cachant avec art vos motifs véritables,
Feignez de ménager ses forces, son repos,
Quand vous la réduisez à l'aiguille, aux ciseaux,
Et voudriez tout au plus que dans la solitude
De quelque art d'agrément elle fît quelque étude :
Mais faisons contre vous parler la vérité....
Sous des prétextes vains vous avez écarté
  Des concurrens qui, jaloux de la gloire,
Pourraient, ainsi que vous, illustrer leur mémoire
  Dans les combats qu'enfantent les beaux-arts,
  Et dans le champ ouvert par la science
  A tout esprit, de qui l'intelligence
Peut porter jusqu'aux cieux ses sublimes regards.
 « Mais faut-il, dites-vous, entasser chez les femmes
Travaux, savoir, projets, diverses fonctions ?
Combattre la nature et ses intentions ?
Des ouvrages légers sont destinés aux dames,
Et l'art de plaire seul peut remplir leurs momens ».
 Pour détruire bientôt de tels raisonnemens,
Aux hommes, je dirai : Selon votre nature
Vos bras sont destinés à la bêche, aux rateaux ;
Ou la houlette en main, vous devez aux troupeaux
Donner des soins constans, procurer la pâture :
Il suffit donc pour vous de rustiques travaux.
Cependant vous pouvez d'une louable envie,
Donnant un bel essor à l'humaine raison,
Elever, ennoblir votre condition,

Par les arts, la science, illustrer votre vie,
Et marcher librement vers la perfection.
Et quoi donc? cette belle et commune carrière
Regarde seulement la moitié des humains?
Et l'autre n'aurait pas des droits aussi certains
Pour chercher le renom, le savoir, la lumière?
Et manque-t-elle d'ame et de titres divins?

   Mais, dites-vous encore en voilant l'injustice :
« Ce sexe n'est pas fait pour courir même lice ;
Son esprit délicat ne saurait embrasser
Le grand, le beau, l'ardu des arts et des sciences ;
Et livrer son talent aux hautes connaissances
Serait le méconnaître et même le forcer ».

   Voilà comme on colore une secrète envie.
Toutefois, est-il vrai, malgré la jalousie,
Que la femme sait joindre au feu du sentiment
L'imagination, le goût et la finesse,
Et l'esprit d'analyse, et le prompt jugement ;
A saisir les rapports une heureuse prestesse,
Pour atteindre le but un noble acharnement.
Or, avec ces talens et cette trempe d'ame
Qui conçoit, imagine, analyse et s'enflamme,
On peut oser beaucoup, et beaucoup embrasser ;
Dans le grand, le sublime, égaler, surpasser
Des illustres rivaux qui, dans la même sphère,
Par les mêmes moyens, fournissent leur carrière :
Et si je ne devais me restreindre aujourd'hui,
Que d'exemples marquans j'offrirais à l'appui !

   Mais vous dont j'entrepris justement la défense,
Pour de précieux droits qui vous sont contestés,

Vous ne blâmerez pas, si, dans cette occurence
Je signale avec eux vos belles qualités,
Ces aimables vertus dont vos cœurs sont dotés;
Cet instinct bienfaisant, ces sentimens paisibles,
Signes des cœurs bien nés et des ames sensibles;
Mais qu'on a vus, hélas! chez des contemporains
Méconnus et honnis dans des jours bien terribles.
Hélas! oui l'on a vu des hommes inhumains
Qui, frondant la raison, outrageant la nature,
Et l'éternelle loi de leur divin auteur,
Puisant leurs sentimens dans l'orgueil corrupteur,
Dans le vil intérêt, du mal la source impure,
Et daus l'ambition qne couvre l'imposture,
Erigèrent le vice en fier législateur;
Qui, rejetant tout joug, même le joug civique
Qu'à chacnn imposa la liberté publique,
Par leurs trames, leurs cris, rompirent les liens,
De la paix, du bonheur, fidèles gardiens,
Semèrent les discordes et les cruelles haines,
Remplirent les cités des plus tragiques scènes;
Livrèrent l'innocence à la main des bourreaux;
Versèrent.... Mais laissons ces affligeans tableaux;
Du voile de l'oubli couvrons des anciens maux.
Ah! si de tels volcans, si des fureurs pareilles
Venaient jamais frapper vos yeux ou vos oreilles,
S'ils allaient s'enflammant dans l'abîme des cœurs,
Armez-vous de courage, armez-vous de rigueurs;
Courez vous faire entendre, et, comme les Sabines,
Par vos plaintes, vos pleurs, et par l'aide des cieux,
Ramenez les méchans, calmez les furieux;

Qu'ils respectent vos droits, craignent les mains divines :
Ils n'oseront braver vos larmes et vos vœux.
Car, malheur à ce peuple, malheur à cette terre
Où le titre d'épouse, et le doux nom de mère,
Où les titres touchans de tendre sœur, de frère,
Le nom de son senblable, ami, voisin, parens,
Seront des titres vains et des noms impuissans :
Chaque femme fût-elle une autre Véturie,
S'il n'est plus de liens, il n'est plus de patrie.
 Cieux ! éloignez de nous et des peuples amis,
  Et même aussi des peuples ennemis,
Cette dureté des cœurs, ce funeste incivisme,
Que je pourrais plutôt nommer inhumanisme ;
Qui paraît menacer diverses nations,
Et vouloir s'emparer des générations,
Tant en se disant homme, on sape l'humanisme.
 Et vous que Dieu forma pour unir la douceur
A la force de l'homme, à sa roide valeur,
Pour qu'un contraste heureux, des qualités contraires,
Apportant chez nous tous des accords salutaires,
Un sexe fut pour l'autre un divin bienfaiteur,
C'est à vous de défendre et sauver la concorde,
Parmi tous les mortels qui doivent s'entr'aimer,
Vous pouvez détourner et chasser la discorde,
Quand des hommes entre eux sont prêts à s'enflammer,
Prets à se désunir par de brûlantes haines,
A rompre cet accord, ces harmoniques chaînes,
L'union des esprits, le noble et pur amour,
Biens qui font de la terre un tranquille séjour.
Vous pouvez arrêter, désarmer la discorde

Dès qu'on la voit planer sur les sociétés ;
Appeler à sa place , et fixer le bel ordre ,
En calmant , ramenant , les humains irrités,
Votre arme naturelle est l'exemple efficace ,
La vertu bienfaisante offerte en action ,
L'art de manifester , pour la conviction ,
Le ton sentimental , la douceur et la grâce ;
De savoir adoucir tout jusqu'à la menace ,
Et d'entraîner les cœurs à la persuasion.
Aussi le grand Numa , pour créer la patrie ,
Pour rendre tout un peuple heureux , sage et puissant ,
Allait-il consulter la divine Egérie ,
Et prendre les leçons de son cœur tout aimant.
Ou plutôt il puisa du type de la femme
Cet amour de la paix , et cette civique flamme ,
Ces goûts religieux , ces sentimens humains ,
Cet esprit fraternel qui fit de fiers Romains ,
Un vrai peuple d'amis , presque un seul et même homme :
Ce fut le fondement de la grandeur de Rome *.
    Tels sont donc vos droits , tel est votre pouvoir ;
Et pour ne pas flatter , tel est votre devoir.
    Mais , parmi les beaux droits dont quelquefois vos larmes
Suivent la jouissance au milieu des alarmes ,
Pour vous il en est un toujours doux et flatteur ,
Qu'en vain contesterait un jaloux , un censeur ;
Le droit de seconder toute œuvre utile à l'homme ,

---

* On n'a pas peut-être assez observé jusqu'ici cette première cause de
la grandeur des Romains , qui prouve l'influence qu'eurent les femmes
dans la constitution de ce peuple si célèbre.

Et qui de ses vrais biens peut augmenter la somme.
Or, entre ces grands biens qui doivent vous toucher,
Et dont nous devons tous protéger, rechercher,
La louable poursuite et l'heureuse conquête,
Certes on peut compter, placer même à la tête.
Ceux qui, selon le but des sages inventeurs,
Font le bonheur commun, celui de nos semblables.
Ils acquirent des noms brillans, recommandables,
De notre genre humain les ardens bienfaiteurs.

    L'inventeur renommé de l'instrument utile
Qui sillonne les champs, détruit l'herbe stérile,
Et fait germer les grains, alimens des mortels,
Fut digne de l'encens qui brûlait aux autels.

    La femme qui trouva, de sa main ménagère,
L'art de rouler le fil sur le léger fuseau,
D'extraire un vêtement d'une plante vulgaire,
Mérita même encens, le renom le plus beau.

    Celle de qui l'adroite et savante industrie,
Combinant les reflets de brillantes couleurs,
Et de cent fils ourdis les angles, les rondeurs,
Fit respirer la toile, et lui donna la vie,
Obtint un bien beau rang parmi nos bienfaiteurs.

    Celui qui, pour unir comme amis, comme frères,
Les hommes entourés de lacs et de rivières,
Fit produire à la hache un bâtiment flottant,
Et franchit en vainqueur d'importunes barrières ;
Rendit au monde entier un bienfait éclatant.

    Si nous ne pouvons plus aspirer à la gloire
De remporter comme eux la première victoire,
Et d'enfanter les fruits les premiers nés des arts,

Nous pouvons, fallût-il courir quelques hasards,
Poursuivre, remporter l'honneur qu'ils nous laissèrent,
De perfectionner les arts qu'ils inventèrent.
Et si l'on sut jadis, par un effort constant,
Imaginer, bâtir, lancer un char nautique,
Sur des plaines sans fonds, sur le sol aquatique,
Rendons un si bel art plus cher et plus puissant;
Et qu'un nouveau triomphe affermisse sur l'onde
Et l'empire de l'homme, et le bonheur du monde.

    Si donc, à ce dessein, consacrant mon labeur,
Je devais me tromper en si bonne entreprise,
C'est toujours, disais-je, un devoir, un honneur,
Pour qui la tente et qui la favorise.
Mais, non... osons bien mieux garantir le succès,
Quand des cœurs généreux secondent nos projets;
Et si les noms de dignes protectrices,
Parmi les protecteurs brillent sur mon tableau,
Ces noms peuvent encore sur la terre et sur l'eau,

    Par leurs heureux et magiques auspices,
Ce que pouvait jadis, sur un preux chevalier,
Le nom cher de sa dame ornant son baudrier.
Ils seront les garans d'une prompte conquête,
Et sauront rendre un jour la victoire complète.

    Tant un beau zèle et des regards puissans,
Portent force et bonheur aux faibles combattans.

    Ah! puissent mes efforts, ce zèle qui me presse,
Mériter un regard de l'auguste princesse,
Qui protége les arts et leur verse ses dons;
Que nous tous, de concert, chérissons, admirons;
Qui, fille d'un Bourbon, et d'un Bourbon l'épouse,

Imitant ses aïeux, son époux, des héros,
Brava mille dangers, surmonta mille maux ;
D'honorer un grand nom tant elle était jalouse.
Cette illustre héroïne, idole des Français,
Par des nombreux travaux et d'héroïques traits
Signalant chaque jour de la plus noble trace,
Fraya l'heureux retour de son antique race :
Grande dans les revers et la prospérité ;
Grande par ses vertus, son courage admirable,
Sa piété sublime aux Français favorable ;
Et grande, par son cœur, d'une immense bonté ;
De tous les malheureux l'asile secourable :
Bien digne que son nom, à jamais exalté,
Passe de bouche en bouche à la postérité.
Puisse-t-elle au plutôt, revoyant nos frontières *,
Se montrer sur nos ports, traverser nos rivières ;
Entrer dans la cité la plus chère à son cœur,
Pour porter dans son sein la joie et le bonheur,
Pour daigner visiter ses embellissemens,
Ses glorieux travaux, ses nobles monumens ;
Ce pont miraculeux le plus beau des deux mondes,
Fier d'avoir subjugué nos invincibles ondes,
Plus joyeux d'accueillir dans son sein merveilleux,
Sous son énorme voûte, et sur son dos immense,
Celle qui fait la gloire et l'amour de la France.

Puisse un jour son exemple en secondant nos vœux,
En comblant notre espoir, attirer en ces lieux,

---

* Ces vers ont été faits avant que la princesse exécutât son voyage à
Bordeaux.

Appeler dans nos murs la célèbre princesse
Que suivra partout la publique allégresse.
Son illustre parente auguste belle-sœur,
Aussi chère à la France qu'elle est chère à son cœur:
Qui, des Louis, comme elle, et des Henri la fille,
Pour serrer ses liens dans l'antique famille
De grands rois, ses aïeux, choisissant le séjour,
Y vint fixer ses goûts, ses plaisirs, son amour,
Emportant avec elle aux rives de la Seine
Les grâces, les vertus, la majesté romaine.
On la voyait brillante et d'honnéurs et d'éclat,
Quand, hélas! le destin voulut qu'elle essuyât
Le coup le plus terrible et la douleur cruelle
Dont quelquefois le sort accable une mortelle.
Ah! quel affreux moment!.. mais dans son grand malheur
Elle appela d'en haut son grand consolateur:
Par des coups douloureux sa grande ame épurée,
Digne des dons du ciel réservés aux Bourbons,
Obtint bientôt de Dieu le plus cher de ses dons:
Le don qui, consolant la patrie éplorée,
Promit au sang des Lis l'éternelle durée.
Cet enfant de miracle accordé par les cieux,
Qui, selon les garans d'une héroïque mère,
Unissant désormais tous les Français entre eux,
Fixera la concorde et la paix sur la terre;
Mènera l'âge d'or qu'attendaient nos aïeux.
Fidèle à ses destins en voyant la lumière,
Avant le berceau même il ouvre sa carrière;
Sourit dès qu'il s'entend nommer Duc de Bordeaux,
Et joint les plus beaux dons à ses titres royaux.

Puissé-je, sur les bords de ma course mortelle,
Voir, par l'aide des cieux, mes efforts et mon zèle,
Pour cette grande époque écarter tous dangers,
Sur les rapides flots, sur les bateaux légers :
Heureux ! si mon labeur utile à Leurs Altesses,
En domptant sous leurs pieds le terrible élément,
Pouvait accélérer ce fortnné moment,
Ces jours d'honneur, de joie, où nos chères Princesses
De leur douce présence embelliront ces lieux :
Jours désormais marqués pour nos jours glorieux.

Ainsi puissé-je encor ajouter quelque lustre
Aux jours tant désirés, et pour ce règne illustre,
Où le plus digne Prince et le plus sage Roi,
En nous portant la paix avec la délivrance,
Conquérant notre amour, comblant notre espérance,
Rappelant l'union, les droits, l'ordre, la loi,
A su, par sa prudence et son puissant génie,
Asseoir la liberté, le trône et la patrie.

NOTE. — L'auteur est prêt à faire imprimer et publier, par voie
de souscription ou autrement, le projet et les moyens d'empêcher
toute barque et chaloupe de jamais s'enfoncer et chavirer, de la rendre *insubmersible* et *inchavirable*, sans demander aucun brevet
d'invention, désirant que tous ses semblables profitent, s'il y a lieu,
de l'utilité de ses recherches et expériences.

FIN.